SAKURA

JODIE FISH

Ogni riferimento a persone esistenti e/o a fatti realmente accaduti è puramente casuale, involontario e pertanto non perseguibile.

Fragile e forte......la mia vita come i petali del ciliegio.

APPUNTAMENTO 18,30

30 OTTOBRE 2008

Sono, a detta di molti una bella donna. Dolce e solare, ho 52 anni con la carnagione chiara e con occhi grigioverdi, capelli neri, mossi e indomabili, 1,74 con una quinta di seno. Vivo in un piccolo paese del Molise disteso su di una collina, circondato da vasti vigneti, campi di grano e mais. Sognatrice e passionale. Mi piace leggere, ballare e cantare. Adoro la lirica ed in particolare la Bohéme per la quale nutro un sentimento profondo e viscerale. Ho tre cani, qualche gatto, un criceto ed una tartaruga. Il mio conto è sempre in rosso. Una volta ero di sinistra, ora navigo nel buio, mi sono smarrita e da allora sto ancora cercandomi. Amo la vita, i bambini, gli animali, la campagna e mi piace condividere le giornate con chi amo.
Due matrimoni sulle spalle ed ora una separazione…

.. dimenticavo, io sono Livia.

Primo capitolo

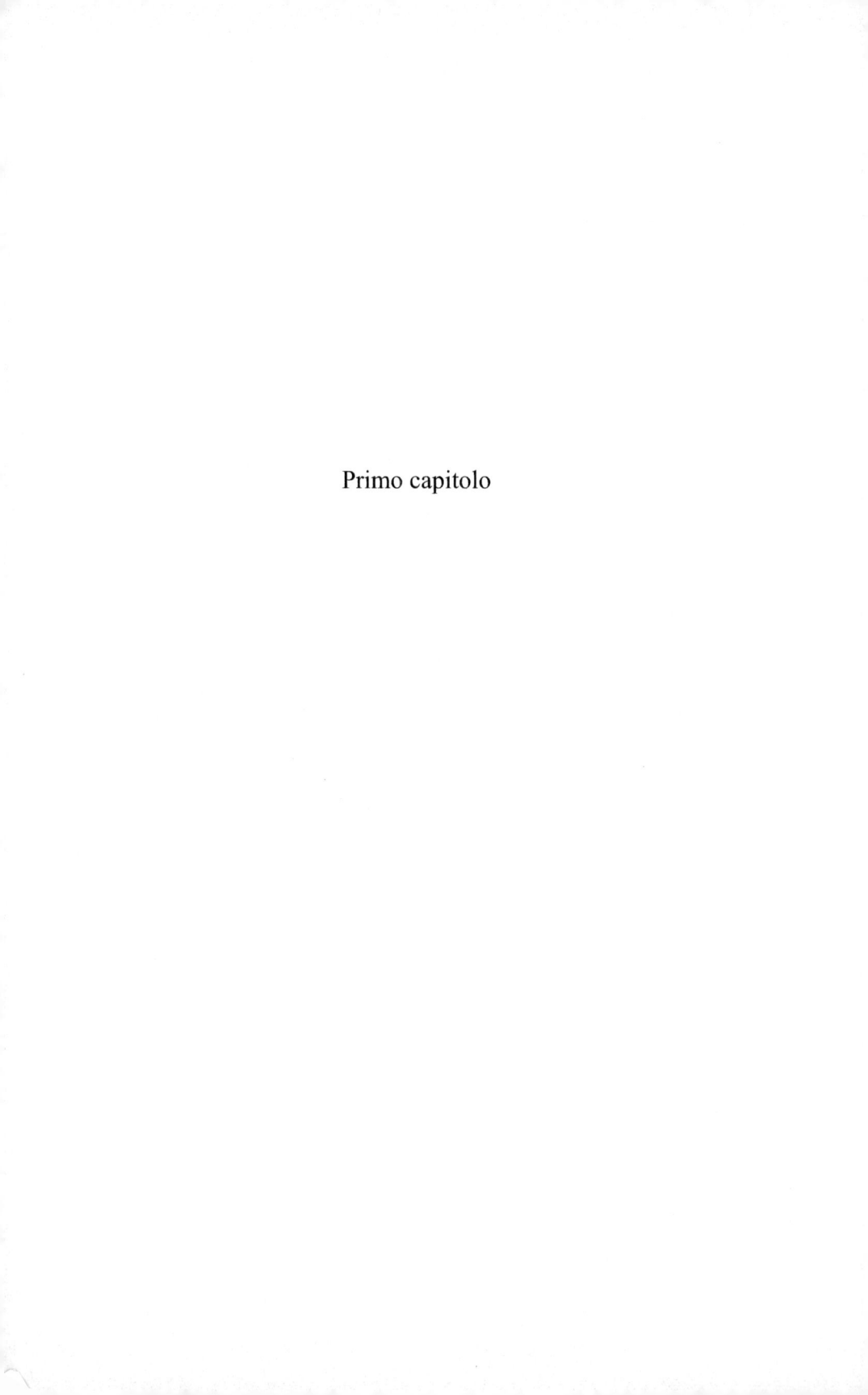

L'inizio

Per questo motivo non avevo nessuna intenzione di complicarmi di nuovo la vita. Stare sola era faticoso ma avevo le mie risorse, la mia libertà, e soprattutto quella tranquillità che con il mio secondo marito mi era mancata per tanto tempo. Incompatibili, una vera sofferenza. La nostra è stata una convivenza pesante, una gran fatica, tutto in salita, un continuo discutere per qualsiasi cosa, un lavoro stremante che ancora ne ho addosso la stanchezza. Un rapporto che mi ha annientata, svuotata, privata di ogni risorsa e della gioia di vivere.
Ancora oggi mi chiedo come ho fatto a resistere tanto a lungo? Forse perché ero ancora nel periodo buio, anzi nerissimo. Perché io sono stata all' inferno, ne ho attraversato i deserti, ho camminato ai margini dei suoi precipizi, conosco il nero delle sue voragini e il movimento circolare dei suoi vortici, gli strapiombi dai sublimi voli, ne conosco il canto, il richiamo. L'idea della morte mi e stata amica a lungo, ci svegliavamo insieme, mi accompagnava sino a sera e come un'ombra leggera si coricava al mio fianco nelle notti più oscure. Ho attraversato l'inferno e sono risorta e come la fenice sono rinata dalle mie ceneri.
Non mi ero ripresa dal lutto del mio primo grande amore e primo marito Andrea. Il ragazzo che ho amato, di un amore infinito, assoluto, come può essere l'amore a venti anni, un amore che mi ha dato e tolto tutto. Per fortuna avevo i miei figli da crescere ed amare, per loro mi sono rialzata, ho lottato e sono andata avanti tra il dolore e la sofferenza. L'ho amato totalmente, senza riserve, ne pregiudizi, lo amavo per quello che era e per ciò che di

ingenuo e fragile aveva nascosto dentro di sé.
Andrea cominciò a bucarsi a quattordici anni, precisamente nel 68 anno della contestazione giovanile, della recriminazione della classe operaia e delle rivolte studentesche, periodo caratterizzato da molteplici avvenimenti che segnarono l'inizio di forti cambiamenti politici, sociali e culturali nel nostro paese, ed insieme alle opposizioni, ai movimenti di protesta, alle giuste rivendicazioni, ai molti diritti conquistati e all'aprirsi di nuove coscienze al cambiamento nazionale, arrivarono anche le droghe, prima l' hashish e la marijuana definite droghe leggere, qualche anno dopo quelle che davano dipendenza, come l'eroina e la cocaina. La prima che si iniettava in vena era considerata la droga dei poveri l'altra usata maggiormente dai ricchi sì sniffava, si diffusero tra i giovani mentre nessuno sapeva bene che cosa fossero e l'inganno che esse nascondevano. In quegli anni, come il grido di protesta, come l'idea rivoluzionaria e innovativa che aveva mobilitato e mosso maree di uomini e donne in manifestazioni, la polvere bianca si mescolò, si amplificò, vigliacca e silenziosa nelle piazze, nelle università, nei licei, era ovunque. Si diffuse tra i ragazzi con altri miti, le brigate rosse, lotta continua, i punk e i capelloni. Era il tempo dei Beatles, dei Rolling Stones, di Woodstok e dei figli dei fiori. La polvere bianca arrivò, lasciando al suo passaggio cadaveri e spettri viventi, ragazzi senza più sogni, svuotati, dagli occhi assenti e il cuore di sasso. Succhiava la loro linfa vitale, rubandone la speranza e devastando come un morbo malefico tantissimi ragazzi e le loro famiglie. Il mondo, come anche adesso era

impreparato a questo dramma che si è portato via tanti di loro compreso Andrea. Si lasciò catturare dal suo abbraccio mortale che era ancora un bambino, aveva l'età in cui crediamo di essere immortali, quando tutto ci appare possibile, quando la vita è' ancora un gioco e per inesperienza non ci è chiara la sua fragilità.
 Così lui se ne andò con l'unica donna che lo aveva fatto suo e non lo aveva mai fatto ritornare da me. Mori un tiepido giorno di primavera, in un altro paese. Lo seppi solo tre giorni dopo, dalla sua famiglia non una parola, perché io me ne ero andata, e non ero degna di accompagnarlo a sepoltura. Me lo dissero alcuni giorni dopo, il giorno in cui le nostre figlie ricevevano il sacramento della prima comunione.
Dopo una piccola festicciola, rientrando a casa, mia madre mi guardò con gli occhi pieni di pianto e mi bastò, dentro di me lo sapevo: la sognai la sua morte.
Il mio nome non comparve sul manifesto funebre come se io non fossi mai esistita, perché la mia presenza era sgradita. Gli dissi addio nascosta in uno degli ultimi banchi della vecchia ed unica chiesa dove anni prima felici ed ingenui, col cuore spalancato al futuro e alla vita ci eravamo uniti in matrimonio. Confusa tra la gente, sconosciuta tra sconosciuti. Al silenzioso e piccolo cimitero nascosta dietro ad una colonna, sola piansi tutte le lacrime della mia giovinezza, e ad entrambi dissi addio.
Non ne ero degna, eppure avevo rinunciato a lui e alla mia vita strappandomi il cuore per salvare da quel 'orrore il frutto del nostro amore. Sacrificando noi e scelto di salvare due piccole creature innocenti, le nostre bambine

Bianca e Giulia.
Per loro sono stata forte e da entrambe ogni giorno sono stata ripagata, per ogni lacrima che ho versato ho avuto il loro sorriso, per ogni gioia che mi è stata tolta loro mi hanno restituito il doppio. Il dolore mi ha resa quello che sono ora e di cui vado fiera. Una persona vera, autentica, forte e fragile come i fiori del ciliegio a primavera.

Il sogno

*M*i è già capitato altre volte di vedere attraverso i sogni quello che sarebbe accaduto.

Io e le mie bambine eravamo in piazza San Pietro, l'interno del colonnato era colmo di gente, le ragazzine vestite di bianco con in testa le coroncine e piccoli bouquet di fiorellini tra le mani. Eravamo in processione, davanti a me c'era il papa, aveva lunghi capelli castani dorati che gli arrivavano sulle spalle, vestito di bianco. Si voltò a guardarmi, aveva gli occhi sorridenti: era Andrea. Ci sedemmo tutti intorno ad una tavola a forma di ferro di cavallo, adulti e bambini. Ero seduta al centro di fianco a lui e ad un prete che invece indossava una tonaca tutta nera, quest'ultimo si alzò, si avvicino a me e mi abbraccio fortissimo. Mi disse che il Papa voleva che io esprimessi un desiderio, che potevo chiedere qualsiasi cosa. Stupita da quell'abbraccio e dalle sue parole non sapevo cosa dire, mi sentivo stordita, confusa, chiesi di vedere le catacombe. Cosi l'oscura figura ed io scendemmo attraverso minuscole scale, percorremmo corridoi in penombra, pertugi stretti che avevano ai lati piccole nicchie aperte e vuote scavate nella terra. Solo una di queste nicchie conteneva una piccolissima bara dorata. Il prete mi incoraggio con un cenno del capo ad aprirla. Io tremante e spaventata spostai di poco il coperchio e vidi al suo interno un bambino, molto piccolo, morto, che sembrava dormisse. Il mio accompagnatore, percependo il mio smarrimento disse: non piangere per lui poiché rimarrà così per sempre.

Quella notte mi svegliai in preda all' angoscia, rimossi il sogno dalla mia testa per qualche giorno.

La mattina della loro prima comunione c'era il sole e le bambine contentissime indossavano tunichette bianche e coroncine tra i capelli.

Arrivammo al cortile della parrocchia gremita di gente, qualcuno ci diede dei piccoli fiori da tenere tra le mani e ci fece disporre in fila per entrare in chiesa, come in processione. Davanti al portone c'erano parenti e persone venute ad assistere alla cerimonia. Il prete con la sua veste nera era fermo sulla soglia della chiesa, aspettava, mi venne incontro e mi abbraccio fortissimo.

Poi la processione entrò in chiesa, solenne ed in silenzio. I banchi erano stati sistemati a formare un semi cerchio, avevo già vissuto quel momento, il sogno tornò lucido e chiaro come lo avessi appena fatto, il mio cuore smise di battere.

Le mie ragazze meravigliose

Stavamo parlando della fatica del mio secondo matrimonio e perché avessi resistito così a lungo, credo perché non avevo più speranze, né un orizzonte e un porto su cui approdare, perché ero fragile e confusa e ho avuto due figli con lui, per questo ho creduto che dovevo provarci, per loro. Mi convinsi che le cose potessero andare diversamente, ma è impossibile fare andare le cose quando queste non vanno, perché come diceva mio padre: se uno nasce quadrato non può morire tondo. Quindi dicevo finalmente stavo bene, avevo ripreso il controllo della mia vita, avevo i miei figli, ragione unica e unica gioia della mia vita. Eravamo noi sole, unite più che mai, tutte donne, un mondo tutto rosa, meraviglia delle meraviglie.

Claudio per caso entrò a far parte della mia vita, mi aveva aiutato una notte, vivo sola, da quando due delle mie ragazze si sono sposate e le altre due allontanate per lavoro, mi sono trasferita nella casa che era mio padre, tra le campagne di un piccolissimo paesino circondato dalle montagne, attraversato da un impetuoso fiume in inverno e da allegre acque in estate, a causa di un rumore che avevo sentito provenire da un locale che funge da rimessa per la legna e attrezzi agricoli, ero stata assalita dal panico, pensai fosse entrato qualche male intenzionato, eravamo in chat, gli scrissi che avevo paura. Lui mi diede il suo numero di cellulare, mi rassicuro dicendomi che sarebbe rimasto in ascolto finché io facevo il giro della casa e mi assicurassi che fosse tutto a posto. Poi per telefono sentendomi spaventata, anzi, terrorizzata si era offerto di venire in mio aiuto, era stato cosi carino che non me l'ero sentita qualche giorno dopo di rifiutare il suo invito di prenderci un caffè. Al telefono la sua voce mi era parsa familiare, mi aveva rassicurata e sentivo che potevo fidarmi di quel' uomo.

Il primo incontro fu normalissimo, una forte stretta di mano e passato l'imbarazzo dei primi minuti, passeggiata, lunghissima passeggiata. Gentilissimo mi lasciò parlare mentre si camminava sotto i portici, ascoltava attento. Ci raccontammo di noi, beh! a dirla tutta parlai soprattutto io, parlai e anche molto, anzi come un fiume in piena gli vomitai addosso tutta la mia vita. Chi sa che palle! deve aver pensato, ma quanto chiacchiera questa. Poverino!

Devo averlo rimbambito da subito, ma lui silenzioso e attento ascoltava. E fu tutta colpa sua, certo! perché se mi avesse fatto un cenno, avesse sbadigliato, finto uno svenimento, mi sarei zittita di colpo e lo avrei fatto parlare. Invece lui il poverino, votato al martirio stava quasi sempre zitto e continuava ad ascoltare, che sfacciata! parlavo e parlavo e principalmente innalzavo tra me e quell' uditore formidabile altissime barriere, fortini e barricate perché doveva essere chiaro e senza nessuna ombra di dubbio che io avevo chiuso bottega. Stop con il genere maschile, l'uomo aveva da molto tempo, almeno per me, perso ogni fascino, avevo diseppellito l'ascia di guerra ed ero pronta a difendermi da chiunque avesse provato ad invadere le mie terre.
Cosi per me, si era conclusa la faccenda io ero a posto. Avevo saldato il mio debito verso quest' anima gentile, tornai a casa senza più saliva in bocca e senza pesi sulla coscienza.
Ma non andò come credevo e non ci fu solo quell'incontro. La vita ci sorprende continuamente e quando credi di aver pianificato ogni cosa, di essere al sicuro, barricata dentro le tue certezze, finalmente al riparo, lei straordinaria si diverte e sconvolge di nuovo i tuoi piani e come nel gioco dell'oca ti riporta alla casella di partenza e tutto ricomincia in questo gioco dove non contano gli anni ma il cuore.
Non vi ho detto che avevo conosciuto Claudio in una chat, era settembre, io stavo a letto da qualche giorno per un'influenza, un'amica per burla, ero separata già' da anni, mi aveva mandato un link per iscrivermi a una di queste

piattaforme dove ci si conosce, diceva che non potevo essermi votata alla castità. "Ci sono cresciute le ragnatele scherzava ridendo, la castità è roba per suore", aggiungendo che Dio mi avrebbe punita per tanto spreco". La cosa mi aveva divertito e mi iscrissi, un po' per noia e un po' per divertirmi.

Così ogni tanto, incuriosita sbirciavo tra i messaggi, senza rispondere quasi mai o solo a persone molto lontane, non mi piaceva e non mi piace tutt' ora questo approccio virtuale.

Poi un pomeriggio arrivò la sua richiesta di amicizia, il messaggio di un folle centauro, questi sono per me gli appassionati di moto, dei pazzi, esseri squilibrati, soggetti da psichiatria e costui mi chiedeva l'amicizia, voleva se era possibile, scambiare quattro chiacchiere con me, con me che odio le moto e sono terrorizzata dalla velocità. Il solo pensiero mi atterrisce, la moto-uguale ad arma-letale. La cosa mi faceva ridere, mi rassicurava l'idea che essendo su due piani diversi potevo anche accettare di dividere con lui un po' del mio tempo.

Claudio è nato in un paese sperduto tra le montagne confinante con la mia regione, ha 60 anni, alto, fisico atletico, segno zodiacale leone, con un sorriso che apre il cuore e soprattutto un formidabile ascoltatore di donne rompi palle. Quasi separato, due figli, una sensibilità disarmante, generoso e delicato come la sua bellissima anima. Vive in una splendida regione immersa nel verde e nella quiete delle montagne che la circondano generose e solenni, dove alzando lo sguardo come in un quadro si è rapiti dalla bellezza di paesini deliziosi, abbarbicati e saldi

tra i sui suoi altopiani o tra le valli si allungano, o come fiori di pietra scavati dentro le rocce dei monti si ergono fieri. Meravigliosa città, ricca di monumenti e che possiede una delle piazze più belle della straordinaria terra che è l'Italia.
Ci dividevano diversi km e anche questo, era un modo di stare al riparo da possibili doppi fini e dopo tanto dolore volevo veramente e solo divertirmi un poco. Così per gioco cominciammo a chattare e guarda caso a fare viaggi virtuali con la moto. Inizialmente lo prendevo in giro e rifiutavo l'idea di salire su quel orribile mostro con due ruote insieme a lui, anche solo con la fantasia, ma fu bravo e mi convinse.
Nei nostri lunghi incontri in chat partivamo per lunghi viaggi-virtuali, io portavo con me, in quelle gite di tutto, pesci rossi e tartarughe, compresi i miei bellissimi maremmani tre per l'esattezza, con zaini e sidecar e tutti insieme partivamo alla scoperta di luoghi e posti meravigliosi ed immaginari.
Viaggiavamo tra le strade acciottolate e le piazze di Roma, fra i suoi straordinari monumenti, costeggiavamo le acque ferme dei laghi dalle molteplici sfumature di verde come quello caldo della felce oppure dal lucente smeraldo, o argentee e leggermente increspate; visitammo la maestosa Toscana, la verdeggiante Umbria, la vivace Sicilia, il generoso Abbruzzo e poi lungo lo snodarsi dei sentieri delle sue montagne. Attraversammo le capitali più belle godendo dei monumenti e del' architettura, dimenticandoci del mondo e delle nostre pene.
Impennandoci e accelerando, stringendoci tra derapate e

pieghe, assaporavamo i profumi dell'aria, i colori e i suoni che la natura tutta e la nostra fantasia potesse offrirci. Parlavamo del più e del meno, dei nostri desideri e della nostra vita, delle nostre paure, dei figli, delle delusioni, degli amori e del lavoro. Io gli parlavo dell'attrazione (platonica perché questa è stata) che avevo per un mio amico, un professore un po' più giovane di me con il quale dividevo la passione per la lettura, il cinema e le escursioni in montagna, di quando mi piacesse e da quanto tempo ci stessi provando con lui. Io e il mio amico (amore platonico) giocavamo a sedurci, a volte era lui altre io (per due anni l'ho corteggiato, quasi sfacciatamente, buttavo l'esca e paziente aspettavo che fosse pronto a raccogliere il mio invito) eravamo due persone adulte e libere e di attrazione tra noi ce ne era da vendere, lo vedevano tutti che c'era una atmosfera particolare tra noi, ma niente, nessuno dei due faceva il primo passo. Immobili, guai a distruggere il piacere di quel gioco, entrambi sedotti dalla seduzione.
Gli raccontai del bello, anzi del bellissimo uomo che stavo frequentando e di come qualche giorno prima avevo evitato il suo bacio, di come questa cosa mi avesse sconvolta e fatta incazzare, perché desideravo da tanto tempo che questa cosa accadesse. Nei mesi precedenti avevo scomodando tutti i santi del paradiso chiedendo loro di intercedere in mio favore, pegno la promessa di ceri kilometrici, annuali e di infiniti rosari. Poi quanto i santi oramai appallati e stufi da tanta pressante richiesta, avevano ascoltato le mie preghiere, intercedendo per me e finalmente col loro aiuto si era creata l'occasione, io mi

ero ritratta semplicemente, schivando con grazia le sue labbra e vanificando due anni di corteggiamento, l'aiuto dei santi e lo spreco di tutte le candele che avevo acceso nei mesi precedenti.
Gli raccontai, di come questa cosa mi faceva stare male, non mi davo pace, avevo perduto un amico? lo avevo ferito? mi ero sbagliata? avevo frainteso il suo gesto? magari lo avevo solo immaginato, che tormento, che agonia! chi meglio di lui che era un uomo poteva darmi consiglio, fare chiarezza, aiutarmi a districarmi da questo casino e dirmi come rimediare.
Cosi cercavo conforto in lui, il suo aiuto per riparare a tanto strazio, alla catastrofe che io stessa avevo scatenato, lui da buon amico mi consolava lasciandomi piangere sulla sua spalla, (spalla virtuale) incoraggiandomi a farmi avanti ed affrontarlo, avanti diceva:" stordiscilo con un abbraccio, le armi ce le hai ti assicuro, devi prenderlo di petto" e rideva, si diceva:" forza affrontalo hai due bombe formidabili, spiazzeresti qualsiasi uomo, vai e distruggilo, coraggio." Anche lui mi raccontò dei suoi approcci e delle sue avventure e tra una gita fuori porta e un consiglio la nostra complicità cresceva così come le chat e le ore passavano leggere.
Così viaggio dopo viaggio, kilometro dopo kilometro, attraversando deserti e sentieri e stringimi un pochetto che ti perdo, dai non corre che ho paura, dal nostro viaggio-gioco nacque una stupefacente complicità. Eravamo in sintonia, una comprensione straordinaria, un'alchimia magica ci teneva inchiodati a chattare per ore giorno e notte.

Qualcosa stava cambiando almeno per lui e dopo un po' di tempo questa cosa mi fu chiara come la luce del sole.

Si alza il vento

Dopo quel primo appuntamento, come precedentemente anticipato ce ne erano stati altri, si prendeva una cioccolata calda seduti ad un caffè, mentre io come sempre chiacchieravo e chiacchieravo senza vergogna, oppure passeggiavamo lungo le mura del mio paese raccontandoci la fatica dei nostri giorni, e delle nostre vite.
Quell'uomo, il maschio, nonostante tutto continuava ad ascoltarmi attento e curioso e a me piaceva tanto il fatto che mi ascoltasse guardandomi con quegli occhi stupiti e ridenti, come un bambino che ascolta una fiaba e mi piaceva tantissimo il suo sorriso aperto e pieno di meraviglia. Stare in sua compagnia era gradevole, nonostante fosse un uomo, e per giunta un motociclista. Ma lungi da me l'idea che potesse esserci altro tra noi oltre la bella amicizia che era nata. Non avevo bisogno di nulla, assaporavo la mia libertà, finalmente avevo la mia vita.
Una vita normale, tranquilla, facevo cose che mi appassionavano, coltivavo il mio orto, le mie amicizie, leggevo molto e a volte andavo al cinema, ascoltavo musica e partecipavo a serate dell'associazione della quale faccio parte, facevo cose. Insomma navigavo in secca, calma piatta o come direbbe un marinaio bonaccia morta. Nessuna tempesta all'orizzonte, niente che potesse scuotere il mio vascello, nessun vento di tempesta.
Poi un pomeriggio al ritorno da una passeggiata nei boschi

dove eravamo stati per raccogliere castagne, mentre stavamo salutandoci successe qualcosa che mi colse impreparata, al momento di salutarci ebbi la sensazione che lui volesse abbracciarmi, fu solo una percezione che io tremando nascosi subito dentro di me terrorizzata. Continuammo saltuariamente a vederci e chattare o ci si sentiva per telefono.
Che qualcosa fosse cambiato, quella percezione tornava ogni tanto sulla mia pelle e mi assaliva con un brivido, era il tono della sua voce, certe pause troppo lunghe, io intravedevo all'orizzonte una minacciosa figura avvicinarsi sempre di più al mio confine, con in mano vessilli d'usurpatore e pronta ad invadere le mie terre, allora mi preparavo alla difesa, innalzavo fortini, costruivo barricate, aumentavo distanze e mi organizzavo alla guerra contro il maschio. L'ascoltatore da un po' di tempo era distratto, inquieto, non mi guardava più con occhi stupiti di bimbo, ma con occhi di belva, la caccia era aperta e la sua preda ero io.
Un pomeriggio, l' uditore dal bellissimo sorriso mi mandò un messaggio che mi fece incavolare come un toro da monta quando gli sottraggono la vacca mentre se la sta spassando, ero infuriata e quel giorno per scaricare tutta la rabbia accatastai una montagna di legna e lavorai come un mulo nell'orto fin quando la fatica mi fece stramazzare sul letto a quattro di spade e sprofondai tra le braccia di Morfeo unico uomo a cui in quegli anni permettevo di abbracciarmi.
Il maschio, lui, il folle centauro nel suo messaggio mi ordinava di vederci. Avete capito bene, imperativo, lo

ordinava, ero furiosa stava oltrepassando il confine, dovevo correre ai ripari, affilare le armi e aumentare la guardia. Per tutto il giorno seguente mi organizzai per affrontarlo e vincere la battaglia decisa a difendere la mia duramente conquistata libertà con fermezza e vigore, salda come la statua del milite ignoto, ferma sulla mia posizione di rimanere libera e sola. Quella sera mi preparai per vederlo, ero decisa a mettere in chiaro le cose e a smorzare i bollenti spiriti al bisogno con un sonoro ceffone. Pronta a chiudere elegantemente e subito con buona notte e grazie

Secondo capitolo

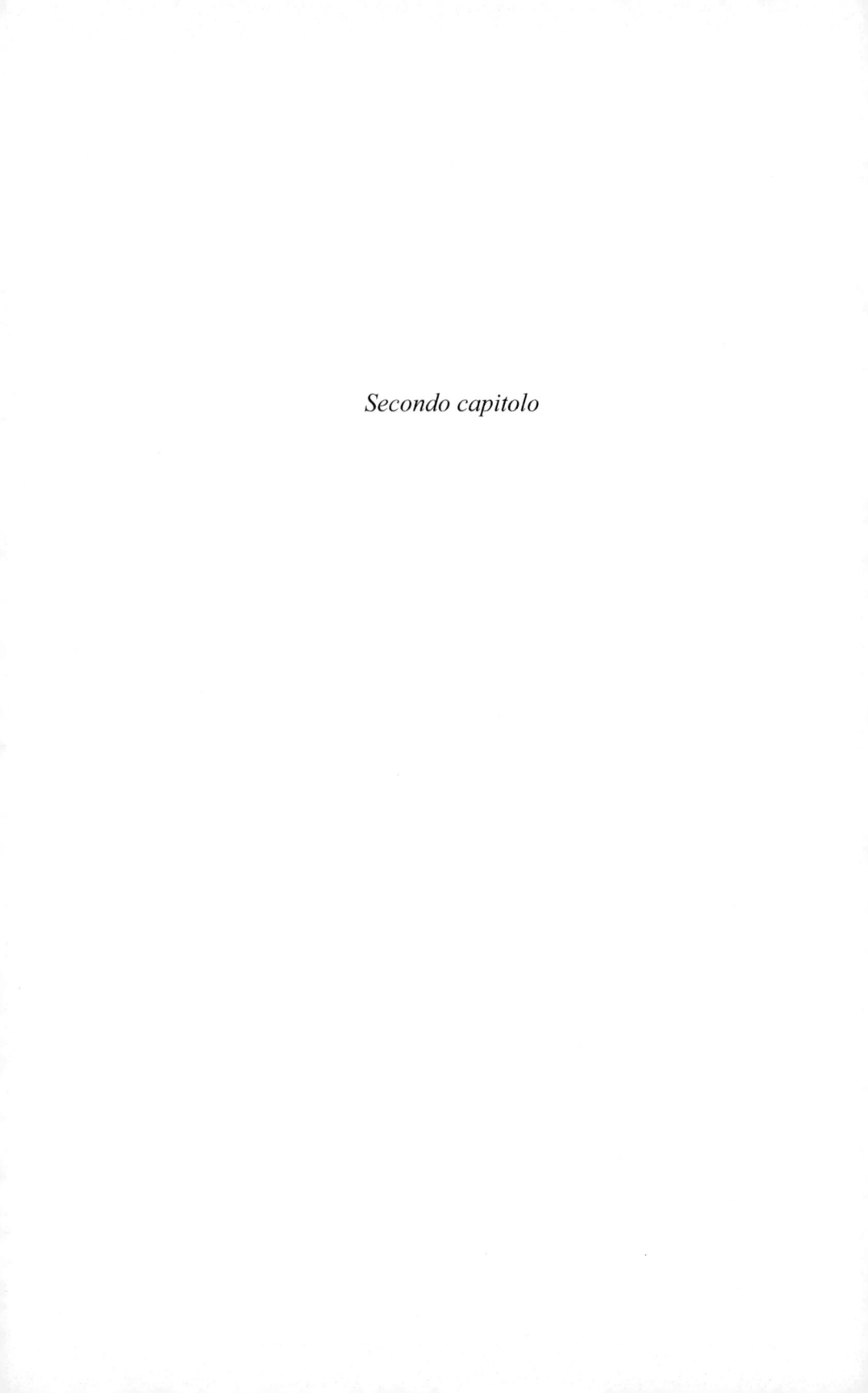

Si va alla guerra

Ore 21'30 del 29 novembre -

(per la cronaca era uscita per andare al seminario della mia associazione. Argomento molto interessante, lo aspettavo da settimane.)

Appuntamento al solito posto, al parcheggio il centauro folle, propose di andare al cinema, mi spiazzo e persi l'orientamento. La stella polare s' era nascosta ai miei occhi e io non avevo portato con me la bussola. Il film era carino, titolo: *la donna della mia vita*, tra gli attori Stefania Sandrelli, Luca Argentero e Gassman (figlio). Claudio era seduto alla mia destra, cappotto ben piegato sulle ginocchia. Si rideva, ad un tratto mi chiese se poteva prendere la mia mano e prima che io elaborassi una risposta (che non lo ferisse a morte) la prese, se la portò alle labbra e la baciò con una delicatezza e una premura tale che quel gesto lo ricordo ancora. Ricordo anche che il mio cuore sussultò, si fermò sopraffatto da tanta dolcezza e stramazzo due file più avanti. Io raccolsi qualche attimo dopo ancora fermo e disperato e quando riprese a pulsare lo fece così forte che credetti che la sala tutta lo avesse udito e arrossii. Ma non volevo mollare, dentro sentivo la mia voce ripetermi e gridando quanto fossi cretina, che era urgente chiarire.
Soffiava a mio sfavore un leggero venticello, stava alzandosi l'alta marea e il mio vascello oscillo, ma solo per un istante.
Uscimmo a film finito, camminando fino al parcheggio in attesa che qualcosa rompesse quello stato di cose e il vento della discordia si placasse dentro di me, la stessa vocina continuava a gridarmi ora più forte quanto fosse necessario chiarire e chiudere ogni finestra, spiraglio, porta a doppia mandata e blindarsi. Non chiarimmo un

cazzo, rimanemmo in macchina a parlare del film, la mia rabbia si faceva più forte e più muta, dentro di me gridava senza dire parole la stessa voce di prima dandomi adesso della stupida.

La marea continuava a salire insieme al vento, intorno a me nell'aria sentivo tutto l'odore e l'elettricità dell'imminente tempesta.

Terzo capitolo

Il bacio

Lo sconvolgimento planetario

Ci salutammo con la buona notte. Dio grazie, grazie sussurrai nella mia testa, ero salva nessun agguato ne spargimento di sangue, che sollievo! Pensai che la mia sensazione era sbagliata. Prima di scendere dalla sua auto mi chinai per cercare nella borsa le chiavi della mia macchina e mentre mi rialzavo, ancora non avevo finito di fare la rotazione necessaria per tirarmi su che fui sopraffatta dal suo essere contro il mio. La mia testa contro il finestrino immobilizzata dal suo corpo sul mio stretta nel suo abbraccio. Stavo per mollargli quel ceffone che mi portavo dietro da tutto il giorno, sentivo la sua bocca calda contro la mia chiusa come la serratura di una prigione di un carcere di sicurezza, il cavò di una banca, il portone di un convento di clausura, la ragione mi diceva di svincolarmi, fuggire e colpirlo, impugnare la spada e riparare all' offesa. Nulla la mia mano disubbidiva alla mia mente, non voleva colpire, ero immobile come una statua, ferma, paralizzata dentro quell' abbraccio.

E cosi che successe, perché all'improvviso tutti i pianeti si allinearono, le stelle si misero a danzare dentro la volta celeste precipitando dentro al mio petto e un vento caldo soffiava sulla mia pelle e sul mio cuore, un vento delicato e leggero che nasceva dalle sue labbra.

S'innalzarono le maree, straripano i mari e i fiumi e tutte le acque della terra. Un milione di farfalle si diedero appuntamento e convogliarono dentro la mia pancia sbattendo le loro ali contro le pareti del mio stomaco vibrando e scuotendosi. La tempesta esplose con tutto il suo vigore quando sentii la sua anima combaciare con la mia, le potevo toccare le nostre anime unite, vedevo il loro

splendore a quella luce abbagliante mi abbandonai, come ci si abbandona tra le acque del mare fiduciosa e leggera, sospesa e certa del suo sicuro abbraccio.
La mia bocca si schiuse per incontrare la sua e non fu un bacio tra un uomo e una donna ma il ritrovarsi straordinario di due anime.
Sconfitta ho alzato bandiera bianca e mi sono arresa all' usurpatore. Avevo perso la battaglia e forse anche la guerra, ma non aveva più importanza, stavo danzando, volteggiando leggiadra come un fiocco di neve e la musica era meravigliosa era di nuovo il battito del mio cuore.
Gli ormeggi erano spezzati la marea era salita, non avevo con me la bussola, ma che importava, il vascello cominciò a muoversi pronto ad affrontare un altro viaggio, il vento soffiava a favore e lo spingeva verso nuove incontaminate terre, la stella che vedevo brillare segnava la mia rotta, non sapevo dove mi avrebbe condotta, né in quali mari avrei navigato, ma era là di fronte a me lucente e viva, dentro di me cresceva impetuosa e violenta la tempesta, ma io non avevo paura.
Così il nostro viaggio vero era iniziato, io e Claudio eravamo pieni d' amore, e la voglia di viverci e vivere ogni istante insieme era prepotente, ma non si poteva non ancora, avevamo entrambi figli e se il nostro fosse stato uno sbaglio, non potevamo rischiare, era ancora presto tutto era accaduto rapidamente e inaspettato, eravamo stati travolti da quest' amore straordinario e Claudio poi non era ancora libero al contrario di me lui era ancora all'inizio della sua separazione. La moglie prima se ne era andata lontano per vivere la sua nuova storia d' amore, poi a

storia finita era ritornata a vivere nel suo stesso quartiere e a rifrequentare la casa con la scusa dei figli e creandomi non pochi rodimenti.
Ma quello che io e Claudio stavamo vivendo era così autentico e straordinario che tra mille paure riuscivo ad andare avanti, lo sentivo il suo amore per me e non ho mai dubitato neanche per un secondo di ciò che ci univa.
Avevo organizzato qualche tempo prima di partire per Roma, un paio di giorni dalla mia amica Roberta (per me una sorella). Andai in autobus, lui si offrì di venire a riprendermi. Partii alla conquista di Roma, finalmente! non vi ero mai stata ed ero eccitatissima, raccontai alla mia amica di Claudio, la mia felicità era palpabile, avevo gli occhi che luccicavano come quelli di una ragazzina: sarebbe stato impossibile nasconderle che c'era qualcosa nel 'aria.
Ci divertimmo ad andare in giro per la città eterna, visitammo i suoi monumenti sontuosi, le sue maestose chiese. il sabato Claudio, venne a riprendermi e il viaggio di ritorno insieme fu bellissimo.
Il tempo passava e il nostro amore cresceva, tenero e sincero: eravamo l'uno la luce dell'altro. Noi, anime gemelle, godevamo con una semplicità stupefacente del nostro stare insieme, in simbiosi, cantando e ridendo, spiritualmente vicinissimi, ubriacati da un sentimento straordinario che ci teneva appiccicati, che ci spingeva a cercare continuamente il calore delle nostre labbra, la tenerezza delle carezze, a nutrirci della nostra pelle e inebriarci dei nostri odori. Così abbiamo percorso ognuno le terre dell'altro, visitato luoghi sconosciuti al resto del

mondo, viaggiato nelle pieghe più intime dei nostri cuori, scambiandoci la pelle, coscienti di quanto ci veniva regalato, di quanta bellezza fosse nascosta dentro ad ogni nostro cercarci.
Passarono mesi, diciassette per l'esattezza, bellissimi, meravigliosi: ogni giorno era straordinario come il nostro ritrovarci, la nostra comprensione era totale, ad ogni abbraccio ci coglieva lo stupore per tanto amore e la felicità traboccava dai nostri occhi, era visibile al mondo intero, solo una volta, e gli e lo chiesi, mi sfiorò l'idea che forse lui potesse avere dei dubbi. Claudio era ancora legalmente sposato, la moglie giocava a rimandare gli appuntamenti dal 'avvocato per accordarsi sulla separazione consensuale. Accampava una scusa dietro l 'altra prendendo tempo e potere. Questa cosa mi destabilizzava e molto. Sono una donna e sentivo che quei rinvii quel prendere tempo significava: "ci ho ripensato, voglio il tuo perdono, riproviamo." Così, giorno dopo giorno, riprendendosi uno spazio alla volta, sua moglie tornò alla carica prima facendosi sempre più spesso trovare in casa, invitandosi a mangiare con lui nelle festività, a volte a pranzo o a cena con la scusa che c'erano i figli, tesseva trappole e tranelli insinuando nei suoi pensieri il dubbio che si potesse tornare ad essere ancora una famiglia e ricominciare.
Quell' inverno nevico per tanti giorni e molto. Claudio, bloccato dal gelo, non venne e lei tramava e tesseva come un ragno aspettando la situazione giusta per buttare l'esca e catturare la preda. Il momento arrivò. IL 19 febbraio, come ogni fine settimana, Claudio venne da me. Era una

domenica, facemmo l'amore e fu bellissimo, così bello che chiesi a Dio di farmi morire in quel momento.
Rimanemmo a letto, lui mi abbracciò in un modo che non saprei definire. Era smarrito, fragile, sentii la sua disperazione farsi ombra e attraversarmi l'anima. Era l'angoscia di un bambino che si è smarrito. Gli chiesi se ci fossero problemi, che cosa fosse accaduto, indagavo volevo capire. Lui disse poco, quasi niente, a parte che cominciava ad avere dei dubbi, che non era sicuro di quello che stava facendo, di quello che sentisse per me, che aveva bisogno di tempo, di capire, che non si può buttare una vita passata insieme in un attimo. Il ragno aveva finito di tessere e la preda era caduta nella ragnatela ed era pronta per essere divorata. Confuso e smarrito, si riaffacciava in lui la speranza di riunire la famiglia.
Il Signore aveva deciso di esaudire il mio desiderio e quel giorno mi lasciò morire, un dolore acuto e sottile come una lama fredda attraversò la mia carne bianca arrivò al cuore e lo spezzò, il dolore mi tolse il fiato e l'aria.
Ci lasciammo. Fui io a decidere per lui e per me, il suo silenzio era pieno di risposte.
Il dolore fu terribile. Ero a pezzi, ma avevo la comprensione delle mie amiche. Deby, che aveva conosciuto Claudio l'estate precedente, non riusciva a crederci: aveva visto la complicità che ci univa e l'amore nei nostri occhi e quando glielo dissi rifiutò l'idea che fosse vero, solo la mia disperazione la convinse e non se la sentì di abbandonarmi quella sera, rimase con me anche la notte. Roberta venne da Roma in mio aiuto dopo avermi sentito distrutta al telefono.

Povere amiche, costrette a dividere con me molte notti insonni che passavamo a fumare, a parlare e io a piangere. Quell'abbandono era lacerante: ogni cosa dicessi o facessi Claudio era lì con me, il suo pensiero non mi abbandonava un istante, non mi dava tregua. Il pianto arrivava improvviso a solcarmi il volto, si trasformava in rabbia e poco dopo in pena, poi precipitavo di nuovo nell'abisso della disperazione. Roberta e Deby cercavano alla meno peggio di consolarmi. Passavo dal maledirmi al maledirlo, poi tornavo a comprenderlo a ripetere che era giusto così, che se aveva dubbi era meglio si chiarisse. Volevo fosse felice. Tra mille dubbi e incertezze vagavo nel buio, volevo sentirlo ed ero atterrita dall'idea di farlo. Ora lo maledivo e poi lo amavo di più, poiché mi era chiaro il suo tormento. L'odiavo ma col cuore lo cercavo, cercavo la sua bocca e il suo profumo. Dio, quanto mi mancava il suo bellissimo sorriso, i suoi occhi stupiti e aperti al mondo. Lo annullavo, volevo dimenticarlo e un attimo dopo le mie braccia si stringevano per abbracciarlo. Passavano i giorni e precipitavo nel dolore più profondo, vagavo nel buio disperata, non sapevo che cosa pensasse, che stesse facendo, se anche io mancassi a lui come lui mancava a me.
La notte nell'oscurità scivolavo dentro un pozzo senza appigli, il dolore diventava corporeo, pesante e come una belva si nutriva del mio cuore, dello stomaco, dilaniava il mio ventre e i giorni, le ore passate insieme tornavano con più forza a torturarmi e a graffiare la mia anima.
Solo rabbia, disperazione e la terribile solitudine. Claudio taceva, nessun segnale, non un messaggio che mi desse

tregua. Allora per ferirmi lo immaginavo con lei, tra le sue braccia, immaginavo la loro intimità, mi laceravo di proposito il cuore e l'anima. Lo pensavo a pranzo con la famiglia riunita per sprofondare più velocemente verso la fine di quell' abisso in cui mi trovavo, toccarne il fondo e poter risalire.
Una mattina lo chiamai al telefono, avevo bisogno di sentire la sua voce anche se mi ero ripromessa di non cercarlo. Quando rispose aveva un tono distaccato, freddo, disturbato, come se stesse parlando ad uno sconosciuto: due parole e riattaccammo. Piansi ancora.
Nei giorni a seguire, quando la disperazione mi era insopportabile, gli mandavo messaggi e poi subito mi pentivo di tanta debolezza: sapevo che dovevo dimenticarlo e cancellare in me ogni nostro ricordo.
Col passare delle settimane cominciai a pensare che non meritava il mio dolore e che dovevo sopravvivere, andare avanti, sola, poiché ne ero capace; gli scrissi una mail piena di parole dure per ferirlo come lui mi aveva ferita. Nulla: non rispondeva, neanche una parola, un messaggio, e io intanto morivo. Per il mio compleanno il suo fu l 'ultimo messaggio che arrivò, semplicemente mi faceva gli auguri.
Qualche settimana dopo, con la mia amica Deby e mia figlia Fiore, partii per Roma. Un viaggio, a detta di tutti, poteva solo farmi bene. Roma mi sembrò orribile come lo era l 'ombra di malinconia che avevo negli occhi.
Passeggiavamo tra le sue piazze, i suoi monumenti, gli stessi che avevo tanto amato quando l'avevo visitata con Claudio, ospiti di Roberta, ne avevo respirato il profumo,

l'eleganza, la maestosità e la magia di questa città così viva e seducente. Claudio aveva cantato per me, mentre guardavamo le luci della città eterna dalla terrazza del Gianicolo, la canzone Roma non far la stupida stasera e ci eravamo baciati dentro alla luce velata di una bellissima luna.
Alla fine dell'anno che avevamo festeggiato sempre a Roma e sempre ospiti di Roberta la città ci sorprese felici, stretti ognuno nelle braccia dell'altro e alle due del primo giorno del nuovo anno, dopo aver fatto l'amore con il cuore e con la pelle, cantò per me, stonando, mille canzoni d' amore. Ora ero sola, con l 'anima straziata e il cuore in mille pezzi, e Roma non danzava più, intonava per me una canzone triste e silenziosa. Come se tanta sofferenza non bastasse, giorni dopo mi telefonò mia figlia Giuia per dirmi che uno dei nostri cani era morto. Era vissuto con noi per tredici anni. Il giorno dopo tornammo.
Passavo molto tempo nel piccolo giardino dietro casa o nell'orto dovevo tenermi occupata, riempire con cose la mente perché la stanchezza fisica mi aiutava. Le mie notti erano quasi tutte bianche e stancarmi era un modo per riposare qualche ora. Claudio mi mancava e la sua assenza come una ferita aperta bruciava da morire.
Avevo già conosciuto quel dolore terribile ed ero sopravvissuta, sapevo come fronteggiarlo e sconfiggere il lancinante penetrare della sua acuta lama e così avevo cominciato a ricomporre i pezzi. Ero pronta ad andare avanti. Dovevo e volevo farlo.
Un pomeriggio, non ci speravo più, arrivò una sua mail: diceva che come me ripercorreva ogni attimo, ogni istante

che eravamo stati insieme, che viveva di questo e che non poteva e non voleva dimenticarmi. Non avevo più lacrime, tante ne avevo versate, e quelle parole attraversarono come un dardo la corazza che avevo indossato in quei giorni per proteggermi da quella pena continua, arrivarono dritte al cuore. La mia anima colpita si dibatteva gridando sconfitta, fino a che il dolore, come un esplosione, il fragore di un boato, si dilatò, attraversò ogni cellula del mio essere, percorse ogni centimetro della mia pelle ed infine, come l'alta marea, le lacrime scesero copiose a bagnarmi le guance, il nodo che mi serrava la gola da giorni si sciolse improvvisamente e la mia anima e la mia voce urlarono finalmente tutta la disperazione che avevo tenute prigioniere.

Passarono altri giorni e mi mancava. Mi mancava tutto, ma era il suo odore, il suo profumo a mancarmi di più. Prendevo dal cassetto un suo indumento, ne annusavo il tessuto con le narici affondate nella stoffa tra la trama e l'ordito per rubarne l'essenza rimasta, sentire il suo odore imprigionato. Lo respiravo a lungo, il viso tra il tessuto, illudendomi di averlo lì, sentire il suo fremito, il suo respiro e tornare a vivere ancora per qualche minuto. Claudio continuava a tacere, la mia anima agonizzava a quel dolore troppo grande e troppo forte. Il 14 aprile gli scrissi un messaggio chiedendogli di riportarmi le chiavi di casa: era ora di tornare a vivere e quindi gli chiesi di venire a riprendersi le sue cose. Rispose chiedendomi di poter venire il giorno dopo.

L'attesa fu terribile: avevo il cuore sotto assedio e lo stomaco in balia di mille farfalle impazzite, la salivazione assente, non sapevo che cosa aspettarmi né come avrei reagito, non vedevo l'ora di rivedere il suo sorriso, i suoi occhi, ma ero pronta a morire, a rinunciare a quell' amore straordinario se me lo avesse chiesto, se questo era il prezzo della sua felicità.

Uscii sul balcone, aspettavo. Avevo indossato un vestitino a fantasia che arrivava sopra al ginocchio e stivaletti. Il mese era esploso in tutta la sua bellezza, gli alberi fioriti e l'odore della primavera si spandeva tutto intorno, la giornata era tiepida e il sole sulla pelle era una carezza delicata e piacevole, l'aria immobile come le montagne in lontananza.

Quando arrivò, il mio cuore accelerò pulsando come il motore di un bolide e poi esplose in mille piccole gocce di sudore che bagnarono la mia fronte, sentivo le gambe molli e nello stomaco una voragine aveva inghiottito tutto il mio coraggio. Ci salutammo, la voce che tremava, entrambi tesi come corde di violino. Aveva il volto contratto, tirato, un'espressione sconfitta e stanca.

Preparai un caffè e ci sedemmo, così insieme all' amaro di quella miscela vuotammo l'amaro dei nostri cuori e parlammo di noi, di come stavamo. Lui si raccontò, mi disse di come si era smarrito, di quanto gli mancassi e di come volesse tornare. I suoi occhi si riempirono di lacrime e il mio cuore non resse: mi alzai per abbracciarlo. Restò seduto, io invece in piedi di fronte a lui, col suo capo sprofondato dentro il mio petto. Lo strinsi forte e lo baciai sulla fronte, sulle guance, sugli occhi, ci abbracciammo e il suo profumo mi avvolse come salsedine, come l'odore delle zagare a maggio quando il giorno volge al tramonto,

intenso. Mi stordì e mi tolse il fiato. Le nostre labbra si cercarono, ci baciammo divorandoci e saziandoci tra le lacrime, respirandoci e poi pelle contro pelle. Le nostre anime e i nostri corpi uniti, come sempre eravamo stati. Così il nostro viaggio riprese, insieme a quella primavera prepotente ed
esplosiva e scomparve la paura e il gelo di quell'inverno che ci aveva divisi.

Quinto capitolo

Andrea

Era l'inizio del mese di ottobre, quel pomeriggio mi trovavo nel cortile della mia parrocchia in attesa di entrare in chiesa col mio gruppo per le prove di canto. Andrea arrivò camminando dentro la luce che c'era tutt' intorno, ovattata e dorata, che pervadeva l'aria mentre il sole tramontava. Indosso, un paio di pantaloni di velluto a coste bordeaux e un maglione di lana chiaro, ampio, troppo grosso per il suo fisico esile, capelli lunghi sulle spalle e gli occhi altrove.
Avevo già visto quegli occhi anni prima, sempre lì in parrocchia. Non c' erano molti svaghi nel mio paese per noi ragazzini. In inverno, quando nevicava, dopo la scuola e dopo i compiti, restavamo a casa sempre sorvegliati dagli occhi attenti delle madri o dalle donne di casa che con infinita pazienza ricamavano corredi, lavoravano con i ferri la lana o facevano lavori all' uncinetto, oppure in compagnia delle nonne davanti al focolare scoppiettante e vivo dove i paioli giganti borbottavano fumanti. Noi bambine inventavamo giochi con le bambole usando piccoli scampoli di stoffe per vestirle, pettinini sdentati per pettinarle e utensili ormai in disuso per preparare loro pietanze.   Certe volte, se i grandi e il tempo lo permettevano si andava fuori a scivolare con gli slittini sulla neve e il vento ci gelava i volti e le dita. Altre volte, nei giorni più miti, sedute sui gradini lisci e sconnessi, con la fantasia ci perdevamo in viaggi straordinari.
Quando arrivava la primavera si giocava a campana o a fare i salti con la corda, mentre dalle strette stradine

scendevano fino alla piazza i ragazzi più grandicelli per giocare con la palla o a nascondino. I maschietti preferivano giochi di guerra, fabbricandosi fionde ed archi, oppure costruivano con oggetti di recupero automobiline che grazie ai cuscinetti a sfera sfrecciavano lungo le stradine in discesa, mentre i più fortunati si sfidavano in gare di velocità con la bicicletta. Una domenica, avevo circa dodici anni, io con altre bambine stavamo in un locale accanto alla sacrestia della vecchia chiesa per le prove di canto.
Prima dell'oratorio c'era un cortiletto dove i ragazzini che durante le funzioni aiutavano il parroco andavano a giocare a pallone. Per noi ragazzine invece c'era il coro. Mentre uscivo, a prove finite, mi si piantò davanti sbarrandomi la strada un ragazzetto imberbe, minuto e dallo sguardo vivace: impedendomi il passaggio, rimase immobile a guardarmi per qualche istante, disse che da grande mi avrebbe sposata e scappo via.
Non avevo memoria di quell'episodio e di quel ragazzino, solo in quel momento quando rividi quegli occhi mi ritornò alla mente e lo riconobbi. Erano anni che Andrea si bucava, diventato un fantasma di quello che era, si avvicinò e mi chiese qualche moneta per un caffè. Cominciammo a parlare. Era pallido, magrissimo e disperato. Mi raccontò dell'eroina, di come se lo era preso, di come volesse uscirne, di quando gli fosse diventato difficile vivere così: aveva vissuto per strada, fatto furti, spacciato, venduto sé stesso e raschiato il fondo di quell'orrore, tutto per un po' di quella polvere bianca che gli toglieva la vita, che lo teneva sotto acqua, gli toglieva

l'aria, immerso dentro il suo abisso liquido dove lui annaspava e affogava.
Non c'era stato altro per anni, giorni pieni solo di quel veleno e il bisogno continuo e urgente di farsi per tornare a respirare.
Un pomeriggio sedevo su una panchina all'ombra di un pino nella piazzetta del paese, leggevo aspettando i miei amici per fare una passeggiata, quando lo vidi arrivare. Camminava lentamente e solo, l'espressione triste. Mi vide e si fermò per accendersi una sigaretta, non aveva l'accendino, così parlammo e camminammo lungo la piazza e al ritorno, facendo insieme un pezzo di strada fino a casa sua.
Qualche giorno dopo comprai un accendino, andai sotto casa sua e suonai al suo campanello. Aprì lui la porta e sorpreso dal mio gesto sorrise, ci sedemmo sui gradini freddi e consumati dal tempo del suo portone e parlammo a lungo.
A breve avrei compiuto 18 anni. Suonarono al mio campanello: era Andrea, si era ricordato del mio compleanno e aveva un regalo per me, un orsacchiotto di peluche. Stava partendo, lo ringraziai del pensiero e ci salutammo.
Erano passati diversi mesi dalla sua partenza. Mi aveva scritto una lettera dove diceva di quanto il pensarmi gli rendesse quei giorni meno duri e che era felice di avermi incontrata. Se la memoria non mi inganna doveva essere uno degli ultimi giorni di settembre, mi stavo preparando per uscire: quella sera avevo appuntamento con un mio amico, bravissimo ragazzo. Fra i miei spasimanti era il

preferito di mia madre che faceva il tifo per lui, ci frequentavamo dai tempi della scuola elementare e quell' amicizia sembrava stesse trasformandosi in qualcosa di più. Sarebbe venuto a prendermi a momenti con la sua cinquecento gialla, saremmo andati al teatro Italo Argentino di Agnone. Aveva già comperato i biglietti. Il campanello suonò, mia madre disse che qualcuno mi cercava. Scesi di corsa la scala che portava al piano di sotto dove si trovavano il corridoio d'ingresso, la cucina e la camera dei miei genitori, salutai i miei, chiusi dietro di me il portone e attraversai il vialetto che portava al cancelletto che dava sulla strada. Era buio e prima di arrivarci qualcuno mi bloccò arrivando alle mie spalle e stringendomi. Andrea mi teneva stretta a sé, sentivo il suo corpo tremare e il suo cuore che batteva fortissimo, i suoi capelli sul mio viso avevano lo stesso odore di mio padre, di pane e di buono. Andammo via insieme, ubriachi di tanta emozione e pieni della gioia di quel abbraccio, dimenticai l'appuntamento e diedi buca al mio spasimante. Mi raccontò del suo viaggio: era tornato per un po' di tempo ma sarebbe ripartito presto, disse che durante tutto il tempo mi aveva pensata molto, trovando attraverso il mio ricordo la forza di andare avanti in quell' inferno e che adesso aveva una ragione per provare a smettere con l'eroina, una ragione per vivere.
Io lavoravo in una fabbrica di camicie per uomo, lui veniva a prendermi alla fine del turno con la vespa e con quella si andava a zonzo per ore, si saliva su per una strada che portava ad una collina allora ancora verde, poi fermandoci nei campi incolti che incontravamo lungo la

strada per fumare e chiacchierare. Alcune volte lui si preparava quella roba bianca, la mischiava al succo di un limone che scaldava su di un cucchiaino mettendo sotto un accendino e si faceva davanti a me, stringendosi il braccio con un laccio, facendomi giurare che non avrei mai provata quella cosa che si mischiava al suo sangue e che lo divorava.
Voleva smettere ma era difficile e allora si lasciava prendere dallo sconforto pensando che non ci sarebbe mai riuscito, che non ce l'avrebbe mai fatta, si aggrappava a me disperandosi, chiedendomi di costringerlo, di aiutarlo, anche di legarlo se fosse stato necessario. La sua disperazione era terribile. Devi essere più forte di lei, mi diceva, devi entrarmi nelle vene al suo posto.
Un pomeriggio come tutti i giorni venne a prendermi al lavoro. i giorni si erano fatti più lunghi, si avvicinava la Santa Pasqua e l'aria si era fatta tiepida e piacevole. Ricordo che indossavo un vestitino a fantasia di colore cognac con stampati dei piccoli e timidi fiorellini crema, un golfino beige e stivaletti. Ero giovane, piena di vita, di sogni e credevo che l 'amore come nelle favole ci sarebbe bastato. Salivamo con la vespa lungo la strada che porta in un piccolo paesino arroccato sopra una collina, fatto di case basse e di mattoni, in parte circondato dalle mura diroccate di un castello che un tempo austero e fiero ergeva con le sue alte torri a difesa dei suoi abitanti dai possibili assedi dei paesi vicini ed ora se ne stava come un vecchio signore seduto sull'uscio a godere dei colori, dell'aria tersa tutt'intorno e del trascorrere lento dei giorni. Si andava incontro al sole che stava tramontando dietro le

colline e incontro al nostro destino, spensierati e legati da un filo invisibile che ci teneva uniti, complici e vicini come nessuno. L' aria sulle guance delicata come la carezza di una madre, le mie braccia strette intorno alla sua vita e ad un tratto li vidi, su un campo saltellavano e si rincorrevano due coniglietti, uno bianco e uno nero.
Volevo prenderli e ci fermammo. Accanto al prato dove un attimo prima avevo visto i coniglietti c'era un casolare abbandonato, ma i coniglietti erano spariti. Andrea mi prendeva in giro, rideva divertito della mia visione, ma giuro io li vidi davvero. Ridendo ci sdraiammo su quel prato a guardare le prime stelle affacciarsi dentro quel mare capovolto su di noi. Ci baciammo a lungo distesi tra l'erba incolta e le primule schiuse come timide spose.
Poi lui si stese sopra di me, leggero come i fiocchi di neve, e con le labbra sfiorò più volte la mia fronte, baciò i miei occhi e poi le guance, delicatamente mi accarezzò i seni e li baciò, prima uno e poi l'altro, e infine lentamente le sue mani scesero ad accarezzarmi le cosce, cercarono il mio sesso che si dischiuse come un fiore al bacio del primo sole del mattino.
Avevo diciannove anni. Il sole si era nascosto dietro le colline disegnandone i contorni con ombre definite e lasciando al suo posto una luce morbida e dorata, a nord-ovest una lucente stella faceva capolino, osservò stupita e timida il fiore rosso e caldo appena nato tra le mie gambe tremanti.
Qualche giorno dopo Andrea ripartì lasciandomi sola e in preda al panico: credevo di essere rimasta incinta e vissi quel mese nell' angoscia. In quegli anni non si parlava di

sesso con i figli come si fa adesso e tutto era delegato agli amici o alla scuola, se avevi la fortuna di incontrare qualche insegnante che avesse il giusto pudore per parlarne liberamente, e mia madre, povera donna, non aveva avuto la fortuna di avere una mamma con cui potersi confrontare a riguardo. Sua madre morì che lei era piccolissima (otto anni), era cresciuta divorata dal desiderio e dalla nostalgia di un suo abbraccio, non colmando mai il vuoto di quell'assenza e del suo conforto, affamata di quell'amore così necessario a quella età e che la vita le aveva tolto. Sola e sempre sola aveva imparato a fare la madre, senza nessuna figura di riferimento, digiuna di tutto un vissuto fatto di parole, carezze e complicità che si apprende nel rapporto madre-figlia. Perciò, per questo non avere avuto non si creò in quei primi anni tra noi quell' intimità necessaria per parlare di certi argomenti, almeno allora: piuttosto un rapporto conflittuale e di incomprensione, soprattutto durante l 'adolescenza: più avvertivo di avere bisogno di lei, della sua guida, del suo amore e della sua comprensione, più me ne allontanavo. Avvertivo un senso di distacco, di ribellione, un muro tra le nostre coscienze, un abisso tra il suo carattere e il mio, tra la sua vita e la mia ricerca di affermazione. Sono e sono stata la figlia ribelle, la pecora nera, quella che dava pensiero, lo spirito libero e irriverente, anticonformista e bizzarra, io l'astratta che non accettava e non accetta imposizioni. Ho rivalutato la sua figura, il suo essere, la sua fragilità e il nostro rapporto, ma soprattutto il suo amore con la mia prima maternità. Improvvisamente il muro di silenzio crollò e la vita ci avvicino come non mai,

vidi mia madre con gli occhi della maternità e meno con gli occhi di figlia. Sentivo il suo imbarazzo e il suo disagio profondo e lo facevo anche mio. Col tempo, diventando madre, ho capito che lei non aveva gli strumenti, non sapeva come fare, semplicemente non le era stato insegnato o non sapeva farlo, così si chiuse nel silenzio e nelle mezze risposte, e io imparai dai suoi imbarazzi a non fare domande.
Adesso che lei non c'è più, la mia pena, quello che mi pesa maggiormente, oltre il vuoto che ha lasciato, oltre quella rigorosa presenza, oltre la sua voce e alle sue canzoni intonate mentre cucinava, le sue amate mani sempre a lavoro affaccendate, ai suoi occhi azzurro mare, il suo sguardo severo, sono tutti gli abbracci che non le ho dato, le carezze che sono rimaste sulla punta delle mie mani, tutte le parole che per anni sono rimaste sigillate nella mia gola, tutto l'amore che ho tenuto per me e non le ho detto.
Andrea partì e io vissi male quell'abbandono. Unico a rassicurarmi era il mio padre spirituale che asciugò a lungo le mie lacrime e condivise la mia angoscia in quei giorni di disperazione. A lui avevo raccontato ogni cosa, gli dissi di quel sentimento forte e intenso che mi spingeva verso quel ragazzo, gli parlai di quell'emozione nuova che sentivo crescermi nel petto, della sintonia che ci univa, straordinaria e unica, dell'invisibile filo che ci teneva uniti. Lui mi metteva in guardia, mi esortava a troncare subito e pregava per la mia anima e per me, mentre io pregavo per Andrea.
Tessa ed io in quegli anni dividevamo ogni cosa compresa l'inquietudine della nostra giovane età, così anche il

dolore e la spensieratezza. Lavoravamo insieme nella stessa fabbrica. Otto ore vicine, stessa fila orizzontale. Cantando ci si aiutava a far scorrere quel tempo che passavamo sedute e chine sulla macchina da cucire.
Ci univa qualcosa di indefinibile, una sorta di somiglianza dell'anima, un'affinità straordinaria, un amicizia forte e leale perché a lei potevo dire ogni cosa e mostrarmi per quella che ero senza essere giudicata. Eravamo sintonizzate, entrambe sulla stessa frequenza, perciò era semplice raccontarci di noi, condividere la nostra vita, le emozioni, le paure, i sogni sul futuro, il nostro tempo e la leggerezza di quegli anni. Ci confrontavamo su tutto, a lei potevo e posso raccontare ogni più piccola cosa. Lei è il mio specchio, lo specchio su cui guardarmi e capire, dove vedere la mia immagine riflessa e chiara, lei amica leale e spietata, perché quando deve come lo specchio non sa ingannarmi. Complice e comprensiva fu mia guida e mia forza.
Le raccontai, anzi fu lei che capì. Bastò uno sguardo e si accorse che in mé c'era una luce nuova, "sei splendente", mi disse, chiedendo che cosa fosse successo da rendermi così luminosa e bella. Così le raccontai dei coniglietti, dei baci e dell'amore e di come quel ragazzo dagli occhi verdi e tristi si era preso il mio cuore da quel primo sguardo, dal primo momento in cui i nostri occhi si erano incontrati e di come dentro quegli occhi ero precipitata con tutto il mio essere.
Piansi e mi disperai in quei giorni, pensando che dovevo lasciarlo stare, la ragione mi diceva di dimenticarlo, ma il mio cuore era lontano, sopra un 'impalcatura ad alzare

muri, impastare cemento dall' altra parte del mondo.
Non detti retta a nessuno, né al mio padre spirituale, né alla mia amica Tessa; sapevano entrambi che avevo già deciso di non rinunciare a quell' amore.
Volevo viverlo qualunque fosse stato il suo prezzo, consapevole della sua tossicodipendenza e di tutto il suo orrore. Andrea scrisse erano passati sette mesi, scriveva che sarebbe tornato per Natale. Io ero in attesa del suo ritorno pronta come un soldato a difendere contro tutto e tutti il mio bellissimo sogno.
L'otto dicembre, mentre stavo passeggiando nella piazzetta con degli amici, lo incontrai: era tornato da qualche ora, ci demmo appuntamento per la stessa sera. Non ci lasciammo più neanche per un attimo, io determinata ad aiutarlo, lui a lasciarsi aiutare da me, vicini ed insieme qualunque sarebbe stato il nostro destino.
Poi un pomeriggio Andrea venne a prendermi in fabbrica con l'auto. Con i soldi del lavoro di quei mesi si era comprato una macchina di un bellissimo blu metallizzato. Eravamo andati io e lui a ritirarla dal concessionario. Stavamo insieme da diversi mesi e da qualche tempo non si faceva. Non era solo: al fianco al sedile di guida era seduto Tonino, un tossico. Si erano fatti. Salii senza salutare, ero arrabbiata e delusa. Ridevano e si accordavano per andare fuori regione, in una grande città, a prendere un bel po' di roba da un grosso spacciatore, tanta eroina da riempire la piazza e avere in cambio qualche dose per il trasporto. Ero delusa e furiosa, non dissi una parola, li ascoltavo attenta e tenevo a mente ogni parola e tutti i particolari dell'appuntamento compreso, il

posto e l'ora. Accompagnammo Tonino a casa, poi litigammo forte. Gli dissi che era finita e che non volevo più vederlo, che non valeva la pena impegnarsi con lui, che stava portando in giro me e sé stesso. Mi feci riaccompagnare, ma non andai a casa: appena la sua auto svolto l'angolo tornai sui miei passi, presi la bicicletta di mio padre e andai dai carabinieri. Li denunciai entrambi, feci nomi e dissi posto e luoghi. Credevo che i carabinieri l'indomani li seguissero in incognito fino all'appuntamento per prendere il grosso spacciatore, ma appena io uscii andarono a casa di Andrea e lo portarono in caserma per interrogarlo. Da lui non cavarono un ragno dal buco e quando lo lasciarono andare lui tornò da me, si attaccò al mio campanello e per calmarlo fui costretta a uscire. Era furioso. Litigammo animatamente davanti casa, poi se ne andò sgommando e correndo come un matto per avvisare il compare, che aveva della roba addosso ed era andato ad un concerto di non so quale cantante, in un locale che si trova e si trovava lungo la strada che come un serpente scendeva verso la città. Andrea correva, carabinieri alle calcagna. Facendo una curva a velocità elevata perse il controllo della vettura e prese in pieno un muretto costruito sul ciglio della carreggiata, la macchina fece un testa-coda finendo dentro un fosso, si ribaltò sottosopra e il tetto della vettura si schiacciò. Il sedile di guida nell'urto si schiantò e Andrea si ritrovò sdraiato, imprigionato con il tetto della vettura che era a due centimetri dal suo corpo. Non si fece nulla di serio a parte qualche ammaccatura, contusioni varie e un grosso taglio sulla lingua.

Io ero a casa. Mia madre, sconvolta dalla scenata di poco prima, chiedeva spiegazioni. Un' ambulanza passava a sirena spiegata e un brivido gelido attraversò la mia schiena. Mi vietò di uscire per giorni. Io disperata e testarda entrai in guerra col mondo e feci per giorni lo sciopero della sete e della fame, non andai neanche in fabbrica. Il mio sciopero funzionò e una settimana dopo il padre di Andrea venne a prendermi e mi accompagnò in ospedale. Disteso in un letto nel reparto di ortopedia mi aspettava.
Non so se fu lo spavento o la mia determinazione ma Andrea da quel giorno cambiò, cominciò seriamente un lungo e faticoso percorso di recupero. Era dura, ma andavamo avanti lottando contro i pregiudizi e la cattiveria gratuita della gente.
Mio suocero era un omone grosso, simile ad un orso nella corporatura, ma dal cuore tenero e buono come un pezzo di cioccolata. Per quarant'anni si era rotto la schiena a lavorare la terra e trasportare gli ortaggi col suo camion nei vari mercati regionali, nella speranza di assicurare al' unico figlio che Dio gli aveva concesso una vita migliore della sua. Speranze che lui aveva bruciato in quella polvere maledetta insieme al capitale che per lui i genitori avevano accumulato con tanti anni di sacrificio.
Lo conobbi dopo qualche mese che frequentavo suo figlio. Entrambi non si parlavano più da anni, Andrea entrava in casa e lui usciva, lui usciva e Andrea rientrava. Soffrivano entrambi, Andrea perché aveva bisogno del padre per tornare a credere in sé stesso, mentre mio suocero del ritorno di quel figlio che aveva da molto tempo perduto,

ma nessuno dei due era disposto a confessarlo all' altro.
Così una domenica mattina, vincendo la timidezza e la paura, affrontai quell' omone: lo aspettai davanti al bar che si affacciava sulla piazzetta e che lui frequentava di solito quando non era chino sui campi o a percorrere kilometri sul suo camioncino, gli dissi che avevo bisogno di parlargli e gli chiesi di aiutarmi a salvare quel ragazzo di cui mi ero innamorata.
A quel gigante da cui tutti mi avevano messo in guardia per il suo carattere borioso, quella domenica mattina, guardando una ragazzina che lo implorava di provare a capire ed aiutare suo figlio scivolarono lungo le guance grosse e silenziose lacrime, tutte le lacrime che in quegli anni aveva nascosto.
Andrea si allontanò dalla piazza e da tutto quanto lo tenesse attaccato al quel mondo spaventoso. Ci aspettava un cammino lungo e tutto in salita: se lui cadeva eravamo pronti a sostenerlo col nostro amore, non era più solo e appoggiandosi l'uno all'altro si trovava la forza per continuare a lottare e camminare verso la meta.
Cominciò a lavorare e a ricostruire la sua vita. Voleva riscattarsi agli occhi del mondo e ai suoi. Tornò ad avere fiducia in sé stesso e a credere che potesse esserci anche per lui una vita normale.
Il sette di maggio del 1983 ci sposammo. Ero pienamente cosciente della sua fragilità e di come sarebbe stato difficile mantenere quel equilibrio delicato e precario. Sapevo che dovevo proteggerlo anche dal più piccolo soffio di vento perché anche questo bastava a farlo cadere, cosciente che in qualsiasi momento poteva di nuovo

riaffacciarsi quell' incubo, il suo lato oscuro, perché lui era anche questo.
Io potevo sopportarlo, potevo accettarlo e capire: avevo scelto lucidamente di viverlo fino in fondo, sino a quando sarebbe durato, fino a che saremmo stati solo noi due e nessun altro ne avesse sofferto. Bianca nacque nel mese di maggio di due anni dopo e fu il riscatto più grande: viveva per lei, la adorava. Ma qualcosa tempo dopo sconvolse l'equilibrio che con tanta fatica avevamo raggiunto.
Andrea e mio suocero ebbero un incidente con il camioncino. Tornando da un viaggio, ebbero un guasto al motore. Accadde tra le colline, dove la strada è un susseguirsi di curve. Rallentarono, ma un pulmino che trasportava giovani atleti arrivò ad alta velocità e prese in pieno l'angolo del mezzo che stava accostando dietro alla curva: lo schianto fu fortissimo, il pulmino si aprì in due. La scena che mio suocero e Andrea si trovarono davanti fu brutale, anzi terrificante: ci furono feriti gravi con amputazioni degli arti e vittime, erano tutti giovani ragazzi. Andrea non resse, il trauma per lui fu troppo grande, per giorni continuò ad avere davanti agli occhi quelle immagini, a sentire l'odore del sangue e le grida strazianti dei feriti: il suo essere si frantumò si accartocciò e si spaccò con il fragore del pulmino che si schiantava contro il loro mezzo, e ricominciò a bucarsi.
Un sogno mi aveva avvisata giorni addietro e sapevo che sarebbe accaduto. Io portavo da qualche mese in grembo Giulia la nostra seconda figlia. Fu un periodo terribile, era di nuovo sprofondato in quell'abisso e io non potevo raggiungerlo. Stava precipitando, mi teneva lontana e non

voleva il mio aiuto.
Passavo notti in bianco affacciata al balcone per vederlo rincasare, pregando Dio perché non lo abbandonasse, e tremando ogni volta che sentivo in lontananza il suono di una sirena, lo squillo del telefono, contando atterrita i minuti e le ore dell'attesa.
Una sera tornò a casa. Era stato fuori tutto il giorno, come sempre negli ultimi mesi, era agitato e inquieto, la sua anima non trovava pace mai e neanche i sorrisi di Bianca potevano placarlo. Frugò nei cassetti e andò in bagno. Conoscevo i tempi e conoscevo i silenzi e i rumori, ma questa volta la pausa era troppo lunga e cominciai a preoccuparmi, lo chiamai senza avere risposta. La mia ansia cresceva come il battito del mio cuore, bussai alla porta, prima piano chiamandolo e poi con colpi violenti. Oltre la porta nessuna risposta, allora usci sul balcone e sbirciai dai vetri della finestra del bagno e intravidi il suo corpo riverso ed immobile. Con qualcosa frantumai i vetri, trovai la maniglia, la aprii e scavalcai era a terra sul pavimento del bagno tra il lavandino e la doccia, il volto cianotico, non respirava. Avevo il cuore che batteva all'impazzata, non riuscivo a ragionare, assalita dal panico. Raccolsi tutto il mio coraggio, continuando a ripetere:" Dio, non farlo morire, non farlo morire". Attinsi ad ogni mia risorsa e come se non stessi realmente vivendo quel momento mi separai dalle emozioni e, gelida come il ghiaccio, gli feci la respirazione bocca a bocca e il massaggio cardiaco, ma il suo viso era sempre più grigio, continuava a non respirare e il polso era assente. Massaggiavo e massaggiavo ma niente e allora lo colpii

forte sullo sterno, sopraffatta dalla disperazione, e il suo cuore ricomincio a pulsare, ricominciò di nuovo a respirare, ma non si liberò mai più di quel male oscuro che abitava dentro la sua mente, di quel bisogno assoluto di farsi per andare avanti, quel male che lo portava via da me e lo allontanava sempre più dal mondo reale e da noi. Si lasciò scivolare in quell' oscurità nella quale io non potevo e non sapevo raggiungerlo.
Seguirono anni terribili, dove solo l'angoscia e il dolore mi fecero compagnia, due anni di veglie e attese notturne passate nel terrore, aspettando di sentire la chiave girare e di vederlo tornare. Due lunghi anni di speranze e sconfitte, di promesse e di bugie. Fino a che una sera, erano circa le diciannove, eravamo in cucina, Bianca giocava mentre io stavo dando da mangiare a nostra figlia Giulia che era piccola, molto piccola: le avevo preparato la pappa e, messa sul seggiolone, la imboccavo. Lui rincasò. Era strafatto come sempre e come sempre con una nuova scusa e un'altra bugia da raccontare a sé stesso e a me. Solito cliché: entrò in cucina, prese il limone facendo finta di prendere dal frigo da bere e andò in bagno. Sapevo che stava preparando la polvere mischiandola col succo di limone e scaldandola nel cucchiaino sopra l'accendino per bucarsi, annullarsi e fuggire dal mondo.
Calcolavo i tempi, ascoltavo i rumori, le pause, i silenzi e sentivo il mio cuore battere all' impazzata dentro al petto e il fiato che non voleva uscire, sentii il suo gemito e il rumore del suo corpo quando cadde. Sentii il tonfo del suo corpo che toccava il pavimento e fu allora che pensai che se fossi uscita con le bambine al ritorno lo avrei trovato

morto e tutto sarebbe finito. Pregai Dio di farlo morire e di mettere fine a tutto quel dolore, alla sua pena e al suo tormento. Fu solo un attimo, rabbrividii di me stessa per quel pensiero mentre silenziose lacrime scivolarono lente sulle mie guance e un grido muto mi serrava la gola come un cappio che ti strige tanto forte da togliertii il fiato. A stringere quella morsa era la mia disperazione, capii che dovevo andarmene, non potevo più permettermi di andare avanti così, avevo due ragioni importantissime per farlo: loro non avevano scelto di vivere così, non era giusto.
La mattina dopo me ne andai.
Uscii da quella casa con un sacchetto di plastica con dentro un cambio per le bambine e qualche pannolone e niente altro. Le giornate si erano fatte lunghe e calde ed io fuggii perché se avessi esitato anche solo per un istante, se solo lo avessi guardato negli occhi, se avessi ascoltato la sua voce che mi implorava di rimanere, sarei rimasta lì come stava facendo il mio cuore.
Tornai a vivere dai miei. Mia madre non fece domande, ma mi aiutò negli anni a venire ad andare avanti prendendosi cura di me e delle mie figlie e aiutandomi economicamente. I primi tempi vivevamo con il solo stipendio di mio padre e poi della sua pensione, io mi arrangiavo con lavoretti con i quali potevo sollevarli un poco.
Non ebbi niente dalla famiglia di Andrea, se non insulti e infamia non recuperai niente dalla casa coniugale mi chiusero la porta in faccia cambiando la serratura e trattandomi come la peggiore delle donne, infangandomi agli occhi della gente per salvare la loro reputazione e

quella del figlio. Niente, nessuno mi aiutò economicamente, né istituzioni ne altri, eppure bussai a molti e a molti chiesi aiuto per ricominciare. Chiedevo solo di lavorare, avere un lavoro stabile che mi consentisse di rialzarmi e ricostruire un futuro e una nuova vita insieme alle mie figlie. Per sopravvivere feci di tutto: donna ad ore, cameriera, aiuto- cuoca durante la stagione estiva. Quegli anni vissi di niente, non mi concessi nulla, rinunciavo a tutto, gravare sui miei e la precarietà economica mi pesava enormemente. Poi cominciai a lavorare a tempo determinato per un'impresa di pulizie: sei mesi al massimo, ma con quei soldi riuscivo a sollevare mia madre per una buona parte dell'anno. Le davo tutto il mio stipendio e lei per me ne metteva da parte un po' a mia insaputa e Dio solo sa quanto quella somma mi fu utile in futuro per poter ricominciare.

Sesto capitolo

Il buio

Il mio secondo marito aveva origini Sarde. I suoi si erano trasferiti dalle mie parti per lavoro, la madre casalinga, mentre il padre lavorava presso una cooperativa agricola. Ci presentò una mia amica: durante la pausa lavoro prima di rientrare facevamo una breve passeggiata fuori dalla fabbrica, attraversammo la strada per andare alla tabaccheria che si trovava nel lato opposto della strada è così che lo incontrammo, lui stava uscendo e noi entrando. Fu uno scontro il nostro, entrambi chiedemmo scusa e poi Laura tra le risate lo salutò con un abbraccio. Erano anni che non si vedevano, dai tempi dell'università. Spiegò che era di passaggio, stava lavorando ed aveva un appuntamento, che avrebbe voluto offrirci un caffè ma andava di fretta e per farsi perdonare ci invitò per la sera dopo ad una festa.
Non so perché accettai di andare a quella festa, poi di vederci ancora, non lo evitai come avevo fatto con tutti gli uomini che incontrai dopo la mia separazione da Andrea. Il dolore era troppo grande. Disperata, ferita e triste, ero una barchetta alla deriva sballottata dalla tempesta che avevo nel cuore e dalla furia dei venti che devastavano la mia anima, impreparata ad affrontare quei vortici che mi inghiottivano e dove sempre più sola precipitavo infrangendomi come un'onda. Non vidi in lui quel pericolo che vedevo negli altri uomini.
Fragile come una foglia in autunno che il vento spazza via ad ogni soffio, mi appoggiai a lui come si fa con un amico che ci tende la man, abbagliata dalla sua premura, dalla tenacia con la quale rimaneva al mio fianco nonostante io

fossi chiusa dentro un mutismo che mi teneva lontano dal mondo e dal dolore, un amico rimane al tuo fianco, ti consola e ti sostiene, che sembra ti capisca e che nonostante tu scoraggi resta, che dice di amarti, e io più che mai avevo bisogno di amore e serenità quella che mi ero così a lungo negata. Il cuore mi diceva che non avrebbe funzionato, mentre la ragione che mi sbagliavo, che ero prevenuta, tutti e tutto mi dicevano che ero io, che era la mia paura a confondermi. Sembrava così sensibile, gentile premuroso attento alle mie emozioni, disponibile e solido.

Vuota ed esausta, confusi ciò che luccicava per oro, così mi ritrovai imprigionata, a vivere una vita non mia, chiusa, immobile, sopraffatta e mortificata, inutile, come lo erano ogni mia emozione, ogni mio desiderio, legata ad un uomo che diceva di amarmi, invece voleva plasmarmi a sua immagine, possedere la mia anima, impedendo ogni mio slancio, smorzando ogni mio volo e soffocando quanto di meglio c'era in me: il mio spirito lieto, gioioso e libero.

Sì, lui mi ha amata, ma come un oggetto da collezione, appendendomi alla parete della sua vita, negando e uccidendo l'essenza del mio essere che aveva reso fermo ed immobile come una statua, il fermo immagine di un film.

In quel periodo, circondata dal buio mi sembrò di intravedere una luce, una speranza, mi fidai e credetti veramente nel suo amore, o meglio in quell' amore che diceva di provare per me.

In questi ultimi anni ho imparato che l'amore è un'altra cosa: l'amore ci libera e non ci rende prigionieri, l'amore ci rafforza, ci sostiene, ci comprende, tira fuori la parte migliore di noi, non divide ma unisce. L'amore è leggerezza, gioia e condivisione, è soprattutto rispetto per l'essenza dell'altro, è accoglienza di tutto il suo essere, l'amore non ti umilia, non ti ferisce ma ti cura, non ti fiacca, non ti spegne ma ti accende e ti fortifica, l'amore ti riconosce e si riconosce in te, ti arricchisce, ti sfama e ti disseta.

Settimo capitolo

L'addio

Una notte feci un sogno, mi svegliai paralizzata dall' angoscia e preda di un malessere che mi intorpidiva tutto il corpo e più cercavo di non pensarci più il terrore mi assaliva: sapevo che era un sogno premonitore e che non era di buon auspicio. Ero in macchina con mia madre all' interno del parcheggio di un ospedale, dovevamo andare in qualche posto, ma la mia vecchia auto si trasformò improvvisamente in una bicicletta. Mia madre era seduta dietro, pedalavo mentre la bicicletta diventava sempre più piccola e lei sempre più pesante, la fatica era notevole, sudavo e ansimavo, ma continuavo a pedalare sopraffatta dallo sforzo del suo peso, lungo la strada che porta alla palazzina dove anni prima aveva abitato la mia nonna paterna. La guardavo e, avvicinandoci, d' improvviso la casa si trasformò in una tomba, un cumulo di terra circondata da enormi rose piene di spine.
Mia madre fu ricoverata quello stesso giorno per un malessere. Quarantasei ore dopo, il responso degli esami, definitivo e tagliente come la lama di una ghigliottina: un tumore era cresciuto dentro di lei come una pianta infestante. Che strano come una parola può cambiare in un attimo e completamente la tua vita, trasformare ogni tuo giorno futuro, spostare obbiettivi e orizzonti, sgretolare certezze, sogni e quanto c'era di solido un attimo prima sparire disfatto come un castello di sabbia. Basta una sola parola, un suono e ti ritrovi improvvisamente vecchio ed impotente, sospeso davanti ad un baratro nel quale precipiti, sprofondi senza appigli nel vuoto. Un segno netto, una linea scura incisa sul tuo corpo, una sottilissima lastra di vetro che taglia lo stomaco e separa tutto ciò che è

stato prima da quello che non sarà mai. E'terribile scoprire che il vuoto è incolmabile e ha il peso di un macigno che schiaccia tutto l'amore che è rimasto intrappolato, inutilizzato dentro di te, appeso ad ogni abbraccio che non le ho dato, alle parole che non abbiamo e non ho detto.
Mia madre se ne andò un anno dopo. Con lei se ne andò una parte della mia vita, un pezzetto della mia anima e negli anni a venire anche il calore del suo abbraccio, lentamente si è scolorito il colore bellissimo dei suoi occhi e il suono della sua voce. Il tempo sfoca, sbiadisce i contorni di coloro che abbiamo sepolto, ne cancella la forma, ne assottiglia i tratti fino a farli scomparire, rimangono solo i ricordi e le emozioni a mantenerli in vita nei nostri cuori, nei nostri gesti quotidiani. Ed è solo nei sogni che il loro volto ci torna reale e definito, solo quando li sogniamo la loro assenza diventa più leggera e il vuoto che essi lasciano si colma, la menomazione subita si ricompone e la ferita si rimargina, è solo nei sogni che possiamo chiedere loro perdono per non averli totalmente compresi.
Mia madre se ne andò un giorno di aprile lasciando dentro di me uno strappo, una lacerazione della profondità del mare. Con lei se ne andò un pezzo della mia anima, si frantumò con le incertezze della perdita e la certezza della nostra fragilità umana e tante altre cose e col tempo anche il legame tra noi sorelle e fratelli. Perdemmo la gioia di stare insieme, di condividere briciole di tempo e la semplicità del vivere quotidiano, ci allontanammo lentamente ogni giorno più chiusi in noi stessi, smarriti dentro altre famiglie, dentro il ritmo frenetico dei nostri

impegni.
Lei sola, pilastro delle nostre vite, sapeva mantenere acceso quel fuoco che ci univa e ci ha uniti per tanto tempo, quel calore che solo lei emanava tenendoci vicini con i pranzi della domenica.
Mia madre, se ne è andata eppure, mai come ora, sento la sua vicinanza, comprendo il suo essere pienamente, totalmente, e solo ora ne comprendo appieno il pensiero, il coraggio, la forza la generosità, la pazienza e l'amore incondizionato che mi ha dato.
Anche mio padre se ne andrà alcuni anni dopo, per me l'uomo più importante della mia vita, colui che avrei voluto mi amasse come io lo amavo, nelle sue fragilità, i suoi egoismi, I suoi slanci, la sua allegria. Ora, a distanza di tempo, cercando tra i ricordi il suo sguardo, il calore delle sue mani rugose, il suono fragoroso delle sue risate, mi accorgo di quanto egli fosse imperfetto come padre e di quanto era imperfetto il suo amore.

Ottavo capitolo

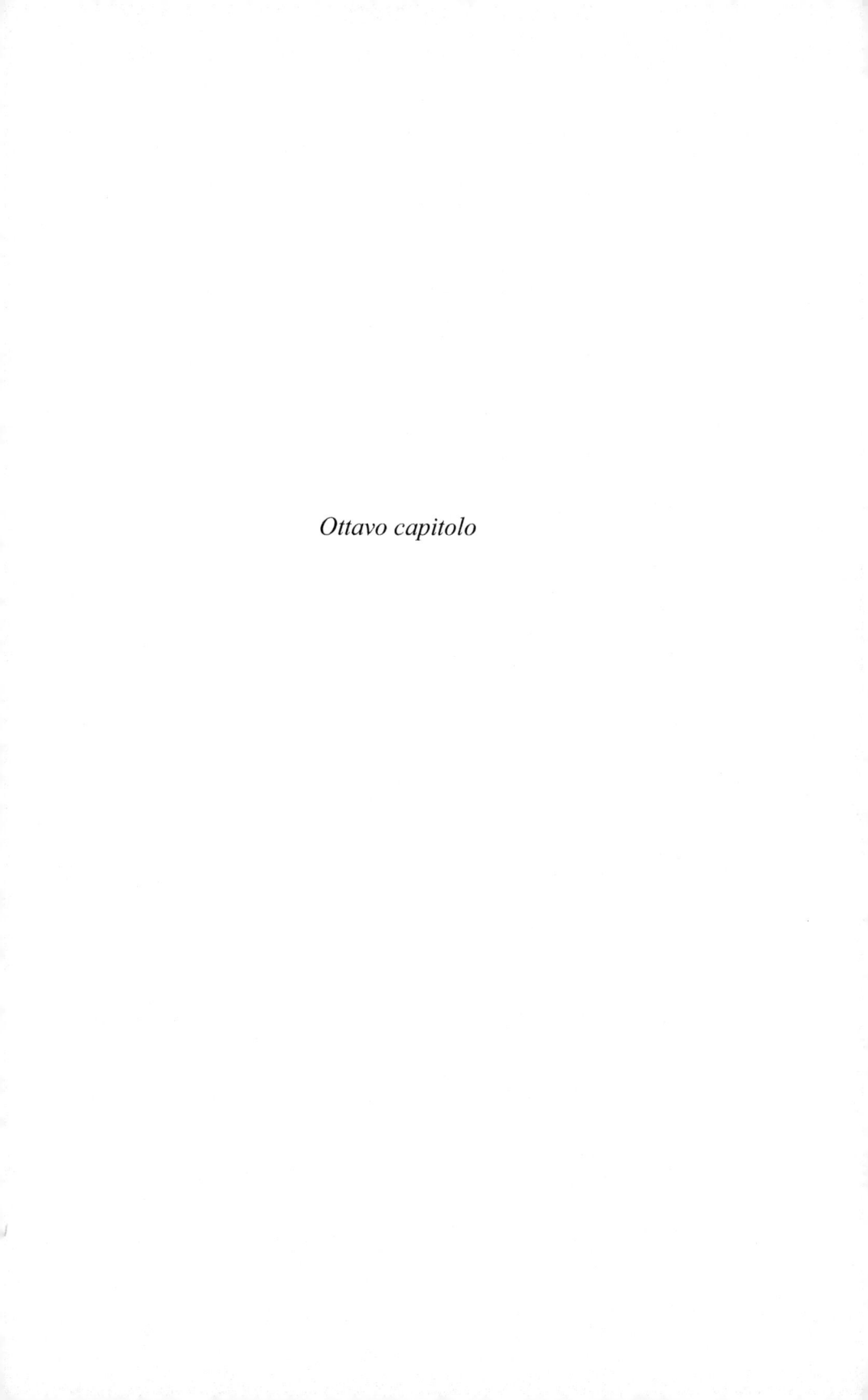

Fiori di ciliegio

La vita dà e la vita toglie, ci regala giorni e stagioni meravigliosi e poi improvvisamente ci nega tutto. Come una valanga si abbatte sui nostri giorni, ci travolge e sconvolge ogni certezza, sgretola quanto avevi costruito negli anni spazzandolo via in un attimo, attraverso una parola un gesto. Come un terremoto inaspettato improvvisamente torna a devastare ogni cosa, ogni nostro sogno, ogni progetto e a ricordarci che siamo come i piccoli boccioli dei fiori di ciliegio che bellissimi sfioriscono in pochi giorni ma ci annunciano la primavera, la rinascita, la speranza, la forza straordinaria della vita e anche la sua fragilità e come questi delicati petali a noi non resta che farci attraversare dalle tempeste restando attaccati alle radici con forza e tenacia aspettando che queste si plachino e torni ad accarezzarci un raggio di sole, un vento caldo e delicato amorevole come la carezza di una madre.

A mia madre, a tutti coloro che ho amato e perduto, alla speranza, alla meraviglia, all'amore e al viaggio straordinario che abbiamo tutti da vivere.

Printed in Great Britain
by Amazon